漂移丛书

音声小集

邱健/著

云南大学出版社
YUNNAN UNIVERSITY PRESS

图书在版编目（CIP）数据

音声小集 / 邱健著. —昆明：云南大学出版社，2017
（漂移丛书）
ISBN 978-7-5482-3066-3

Ⅰ.①音… Ⅱ.①邱… Ⅲ.①诗集－中国－当代
Ⅳ.①I227

中国版本图书馆CIP数据核字（2017）第178015号

策划编辑：徐　曼　**责任编辑**：宋　武　**装帧设计**：刘　雨

漂移丛书

音声小集

邱　健 / 著

出版发行：云南大学出版社
印　　装：昆明市五华区教育委员会印刷厂
开　　本：889mm×1194mm　1/32
印　　张：2.75
字　　数：53千
版　　次：2017年10月第1版
印　　次：2017年10月第1次印刷
书　　号：ISBN 978-7-5482-3066-3
定　　价：24.00元

社　　址：昆明市一二一大街182号（云南大学东陆校区英华园内）
邮　　编：650091
电　　话：（0871）65033244　65031071
网　　址：http://www. ynup. com
E-mail：market@ynup. com

语言漂移说正义（代序）

李　森

“语言漂移说”简称“漂移说”。它认为一切艺术语言均处于漂移状态，在漂移中生成诗意或非诗意，在漂移中寂灭或退隐、凝聚或新生；它认为诗性的创造既不来源于本质，也不来源于现象，而源于语言在漂移时刻的诗意生成。

语言漂移说之语言即艺术语言，它包括艺术中的日常语言、书写语言、视觉语言和符号语言等语言范畴。艺术语言既非形而上，也非形而下，而在形而中。“形而中”是艺术语言的滑翔地带，它摩擦着形而上和形而下穿行，形成自为自在的独立时空。我多年前试图阐明的“形而中诗学”作为一种诗学方法，是漂移说语言运动方法的构成部分。

一切艺术（包括狭义的语言艺术和广义的语言艺术），都在语言漂移说的观照范畴之内。

一切艺术都是语言艺术，除此之外，便无艺术。比如行为艺术，它是一种身体表现的艺术，身体在表现的场域（时空）中形成身体语言。身体语言只有在观照的时刻，才能生发为艺术语言。

一切艺术的可阐释性都包涵在其语言结构中，而不在语言结构之外。存在着脱离艺术语言的阐释，但那是非艺术阐释。非艺术阐释之大行其道，已经使艺术阐释全面沦落。

概念或观念阐释总是脱离艺术语言的阐释而自成系统，这种阐释或是哲学式的，或是社会学、文化学、人类学的，等等。非艺术阐释或是对艺术的过度阐释，或是语言漂移超越了艺术阐释的某种路径而形成的另外一种阐释。

语言运动的能力或张力，为任何阐释提供了可能性。艺术阐释如果有价值，那就必须为它划定一个界限，这个界限即是贴着艺术语言阐释的界限。

语言漂移说划定艺术阐释和非艺术阐释的界限，是为了证明艺术语言存在的不稳定性，不完全为了证明阐释的无效。然而，艺术阐释的无效性，亦是语言漂移的一种结果。

所谓阐释，当是语言漂移的路径，但不是说艺术需要阐释才能成其为艺术。事实上，那些伟大的艺术作品犹如一株芬芳出尘的空谷幽兰，它自身的存在已经达到了自足、直观、圆融的境界，它的存在本身无需阐释，因此，它反对阐释。不过，也正因为如此，它有无限多的可阐释性。但必须指出，那种种阐释，是开放的艺术语言自身被灵魂摩擦、砥砺而激活的诗意再生，不是概念或观念对艺术之美的反映。

语言漂移说的方法不仅是对艺术阐释的观照，也是对艺术创作的观照。

有效的艺术阐释或生成某种概念或观念，但其阐释路径总是贴着艺术语言，这是无需证明的常识；而无效的艺术阐释则必然形成“概念控”或“观念控”的逻辑系统，以“自圆其说”的冠冕堂皇调子反对常识。

有效的艺术阐释滋生诗意，甚至是无限多的诗意，它是诗意创造的种种形式；而无效的艺术阐释只有一个目的，那就是通过逻辑归纳和演绎系统获得知识。“自圆其说”的理论知识，多数是强词夺理的“伪知识”。

可靠而有效的艺术创作不表达、分有概念或观念的内涵。其创作过程或与概念和观念发生碰撞，但最终，它总是以一种回归事物、事态原初直观显现的力量，将概念和观念溶解而化生，恰如大海和盐。

从语言漂移说来观照，艺术理论、批评即创作。没有先验的某种理论和批评的出发点，只有具体的语言凝聚和绽放的路径。有效的艺术理论和批评在表达路径中成就自身，它不利用语言的表达或扩张能力奔向某个目标。作为动词的艺术、诗、美只能在语言自我开显的路径中具体地显现，而不可能呈现整体性的目标。艺术语言只有在被利用时才导向整体性的叙述目标。

没有上帝视觉的本体（整体）性的艺术之美，也没有上帝发声式的艺术法则。按照贡布里希的说法，没有大写的艺术（本体的艺术），只有具体的艺术家和艺术作品。进一步说，没有语言自在、自为、自我生发、蕴成之外的艺术。

在《色—彩语言诸相的漂移》一文中，我论述了“本在事象”最基本的四个漂移路径。即“直陈其事”的漂移、“修辞幻象”的漂移、“纯粹形式”的漂移和“意识形态”的漂移。这四个漂移路径囊括了所有艺术哲学或诗学理论的阐释路径。也就是说，古往今来的所有文艺理论或批评路径，都无出其外。本质主义—非本质主义、主—客二元结构理论、模仿说、反映论、形式—内容二元结构理论、形式主义、表现主义等等，均包含其中。这些理论先制造概念，再形成观念，然后利用逻辑归纳或演绎构建庞大而坚硬的系统，将艺术家和艺术作品关进牢笼。这些宏大的理论，都是语言漂移的种种结果，但语言漂移说将它们视为艺术阐释的无效阐释范畴。

我说的“本在事象”，即是艺术语言或它的结构。何以故？“本在事象”如果是非语言的，那么，我们对其一无所知，它们也不可能进入人类言说或表现的诗意世界。这就是说，人的感知或玄想的存在，是一种语言的存在，而不是实体的存在。人是语言的人，能感知的世界是语言的世界。说白了，人和他们的生活世界，神和他们被创作的世界，自然和它的存在，都是语言的存在。与生命有关的存在，通过语言才能确定。正如海德格尔所说：“语言是存在的家。”除此之外，按照维特根斯坦《逻辑哲学论》第七命题的忠告：“对于不可说的东西我们必须保持沉默。”老子的思想亦处于反对说、而又不得不说的两难之间，这当然是早期圣哲对人类的千古忠告。事实上，《理想国》里的柏拉图也处于说与不说的两难之间，但他还是以“假设”的支点和“比喻”的诗性表达方式说了许多，也虚构了所谓“理念”，为人类打制了一副“理性”胯下的马鞍。柏拉图为了做“哲学王”，为了打制这副理性的马鞍，怀着悲智、悲情之心，将诗人——他的灵魂的一半——自己也是个杰出的诗人，赶出理想国。但从他的全部对话录中即可看到，哲学，“本质上”是利用逻辑表达系统而言说的文学。不能洞明这一点，即是逻辑主义的智障患者。

艺术语言的漂移是具体的，而不是抽象的。一个词，一个句子，一个笔触，一点笔墨，一根线条，一种音声形色，作为语言运动的“表象”或“形式”，它们总是寂静地、平实地、纡回地或疯狂地处于某一个作品结构的“位点”上。而所有“位点”，都是“暂住”的位点，即漂移的位点——既不是“本质”的位点，亦不是“非本质”的位点，而是“暂住”的位点。理解这一点非常重要，因为语言漂移说，既非本质主义的，亦不是非本质主义的。因此，语言漂移说反对一切凝固的、教条的、逻辑主义的或任何主义的语言强暴。

一切艺术语言之为艺术语言的确立，都源于人的感觉、感知能力，然后，将其蕴成文字、旋律、节奏、形色或符号。用佛哲学（非佛教哲学）的看法，即源于“眼、耳、鼻、舌、身、意”这“六根”，通过此“六根”的感觉、感知发端，风春万物般与“色、声、香、味、触、法”这“六尘”的“情识”摩擦、蕴育而生发。有效表达的、蕴有纯粹诗意的艺术语言，是一种符号化暂住的、鲜活流荡的“蕴”，即一种自成意味的生命序列。它看似是系统性的，但“实质上”是碎片式的。朵朵桃花看似是一个整体，其实是蓬松一树那相似形—色、彼此陌生的碎片序列。当然，可以假设它是一个整体性序列，并与时序和空间相联系而蕴成之美，但仅仅是感觉、感知的一种假设性的观照。艺术语言的存在序列，犹如一树桃花，见与不见，开与不开，美与不美，都在观照的“此时”那个“位点”上“暂住”而被看见，被描绘。艺术语言的色—彩、笔—墨、笔—触、形—式，永远不能抵达那一树实体的、实相的桃花，因为语言艺术中隐秘的一树桃花，既非具体的一树桃花，也非本质（实相）的桃花。这是语言自身的决定，人或神都不能做此决定。

艺术语言的“暂住”，是语言漂移的“暂住”。是故，

“暂住”其实是诗意的“无所住而住”。《金刚经》说：“不应住色生心。不应住声香味触法生心。应无所住而生其心。”说的是，有“缘起”，则“暂住”，无“缘起”，则“无所住”。在语言漂移中的“暂住”，即是“生其心”，生诗意之心。

每一个语词、每一个单纯的符号，都是一个小小的宇宙，一个处于寂灭或生发碰撞时刻的生命之蕴。

我们不能利用艺术语言，我们只能激活它，或拯救它。救救我们的语词吧，因为，它们是我们精神生命、现实生命的细胞。

诗意的语言存在，是心灵结构漂移幻化的某种样式；推而广之，可以观照的心灵结构存在的样式，亦是语言漂移迁流存在的样式。至于那些格式化心灵结构的存在样式，则是语言漂移迁流过程中自我固化的种种死亡格式。

从自我拯救语词开始，自我疗救审美智障，即是审美心灵、诗意心灵的自救。

语言漂移说的提出，是要告别所有诗学理论的。但这不是说，要以一种理论的雄心替代或征服另外的理论——那也是逻辑主义的神经病。如果人们有此看法，那是对此说的误解。因为，语言漂移说“本质上”并不是一种理论，而是一种开放的、处于语言运动自我生成诗意时刻的审美方法，一种素朴纯真的人性观照思—想，一种自我拯救语言—心灵的行动。在它为人之为人的审美自由开掘路径的同时，它就是某种随时处于被激活状态的审美自由。

2017.10.6　燕　庐

目　录

目瑙纵歌

刀把下，黄土烤着空气
影子，胆怯地交换体温
广场外，森林幽深茂密
树洞断续传来摇滚节奏

鸟在远方找水，只有一滴
队伍，扭曲着回旋，前进
猩红的舞步激怒那头公牛
白刃刺穿头顶，厩有新主

罗汉果

甜汤，香艳的榴莲没有留下风影
水不停在动，风嵌入裂痕最深处
一缕热气，圆的周长消融在杯口
剪刀口处，力的螺母撕碎地平线

阳光，用温度控制了水的烫
玻璃镜片，打磨透明的雾气
果子让绿意变成了甘苦的黄
琴声，下意识地拨开了清凉

天　麻

头和脚的疼和痛
被分开
红枣是枸杞的情人

树和草的绿和青
被摄入
乌鸡去啄食天的晕

煤　气

一筐鸡蛋在不远处蠢蠢欲动
胃，再一次醒来，没有原因
黑暗中，锃亮的铁锅泄了气
地砖抗拒一堆挪动着的肥肉

一股自来水慢慢占据，填满
空气被面颊毛孔一遍遍清洗
呼吸在晨曦接受食物的咀嚼
冰箱留念一道看得见的冷气

鱼缸

几条锦鲤摆动身躯创造涟漪
水活了
几个氧泵涡轮旋转冒出水泡
水死了

清道夫穿过几块石头带起淤泥
那是山色
日光灯照亮几个亭子有了白天
怀念太阳

爬

一定是从土里起来
拉着，站着
一定要去前面盯着
抓着，跪着

一定能上，也一定能下
叶垂藤摇
继续哭吧
继续摇吧
花落下在高墙深处

过　年

钟表，在把玩影子的游戏
圆心，昼夜上了爱的发条
秒针在年轮的半径上旅行
时间派它度量自己的周长

鞭炮涂抹着挂历的胭脂
十二生肖熟练地上下场
拉幕是岁末的规定动作
光阴派它开启新的剧场

年　婚

桌布的音色
敲打
两只筷子
风扇鼓动着火炉
击着烟蓝色

酒杯的叫声
唤醒
两个新人
烟炮隆响着心灵
醉着花雨露

湘江渡

火车与神农交汇
蒸汽轰鸣在
桥头，不用电的铁轨
一个站台
回忆着几个人

动力与药草协奏
脉搏跳动在
广场，喷着水的电影
一个剧场
欣赏几辆火车

腊　八

嫦娥拂袖掸去
月的灰
夜色清明
在塔尖
吻着阿炳的琴

妙玉提篮拈花
鱼的唇
心地善良
大提琴
弓颤除夕弦间

−1℃

铁树捧起冰凌妆点心窝
炭火合欢了家庭聚会
罩笼住呼吸的角度
香柚在躲着偷笑
蜷缩没有去处
乳下孙在嗅
风的草书
墨如白
逐梦
令

三人座

扑克的指纹
成了两个王的奴隶
小指
继续休息

桌面的墙缝
为了六个探灯的照
唾液
脱缰而出

最后的审判
被十进制反复计算
越狱
看似可能

心　庙

快快退回安心之处吧
路的尽头
那是挂念居住的地方

低下头祈祷，敬畏袭来
花骨朵上
冰凌操劳着融化的忧郁

错过之后，被置入到空谷
心起念动
只为了安静的溪流

舔舐河水堕入的残梦
檀香熏过
蚯蚓在清晨食着埃土

云　上

云霄之上
鸟鸣嘤嘤
尽管耳朵到达不了声音

云霄之上
山色苍苍
尽管眼睛到达不了颜色

云霄之上
兰芝芳芳
尽管鼻子到达不了气味

云霄之上
佛音粼粼
高天之外在皈依的灵心

无词画

克里特岛上的英雄们
画架不愿做祭坛
油布不愿做神龛

柏拉图学园的信徒们
丙烯不眷恋太阳
笔触不通往上帝

毕达哥拉斯的弟子们
画框箍不住几何
色板调不出比例

睁开眼睛仔细看看吧
看看厩中的蹄印
看看锃亮的犁耙

山　楂

一丘山林果
留恋泥土的微笑
枝头坠红

去品尝纯洁
酿造酸露的蜜汁
甜的透亮

水听树

山岚的木棉花，排着队等待
风的漩涡，涂抹着天空，透明透亮

红赶在绿前，撑开一把竹伞
石拱桥下的鱼，跟着一瓣粉，窃听

布谷鸟的咒语，被安静打断
越过繁花编织的天际

青蛙蹦进草丛，留下蹼的印
到底是谁，发出了哗哗声

赌 石

湖之上，垛草相依
水波圈圈扩散，屏住呼吸
躁动的榔头，正愁木柄被抡起

湖之山，枝茂层叠
鸟兽咕咕啼叫，孔雀开屏
粗糙的毛石，畏惧藤条的绞杀

两棵树

三月，美丽的残酷
淘汰了那些没有被赞美的花
桃花皴抹着门中的腮红
梨花飘捻着河上的曼纱
土地龟裂，尽管花期还在
土狗酣睡，夏意提前到来
粉的纯粹，白的纯粹
夜晚的蜘蛛，盘剥着蟋蟀的叫

二的叛逆

我期待梨树第一片梨花的开出
第一片梨花让我欣喜
我期待缪斯第一个音符的奏出
第一个音符让我激动

在一之后便是二
第二片梨花让我焦虑
第二个音符让我憔悴

我看见了第一片梨花
第二片梨花却看见了我

我听见了第一个音符
第二个音符却听见了我

第二片梨花结束了梨树的开花
第二个音符结束了缪斯的演奏

眼睛看见

眼睛，不只是一滴血
每条血丝都是大江大河
流向，光明居住的深渊

看见，不只是一束光
每个瞳孔都是时空隧道
吮吸，影像逗留的黑洞

游　戏

撒旦忏悔，寂寞的伊甸园
本性中没有善与恶，善恶是被安排的
不是诱惑，而是被规定去诱惑
没有诱惑，伊甸园不存在，亚当夏娃不存在

哈迪斯离开冥府，到天界
阿波罗的愤怒砸碎善，太阳也会哭的
不是伪装，而是被规定去伪装
没有伪装，冥府天界不存在，雅典娜不存在

苏格拉底，背起黑锅远行
柏拉图的哭泣，服从城邦民主的裁决
不是自杀，而是被规定去自杀
没有自杀，城邦的民主不存在，游戏不存在

G弦

孤独的颤抖，响，在四分之一处
叶脉找到节奏，在呼吸中扭腰
另一扇门，那个世界与众不同，简单不寂寞

轰鸣的闷雷，躲，在岩下一千米
轮船的汽笛声，在和声中对位
海平面上，鲸的水柱对准巴赫，孤傲不清高

对位法

蜗牛的节奏，在时间中持重
螺母箍在背上，充盈着镂空的线条
露珠，从脚尖的每一扇趾蹼上滚过
蛙鸣，扰起池中荷叶的薄雾，淡入

毛毛虫顿首，伪装棕皮脱落
筋条插在背上，支撑着聚合的线条
松球，在额头的每一根触须上弹跳
蝶粉，铺洒林中残叶的枝脉，淡出

降E小调

哼鸣，在提琴和钢琴之间，向往夜的灰
嘈杂销声匿迹，都市的霓虹灯，暗了
一个音穿过一杯水，被一口喝下，拧紧弦轴
隔壁的空气入眠，雨落在屋宇的吊篮

行走，在食指和中指之间，铺出爱的路
暖意悠然心生，天边的鸢尾花，亮了
一颗星坠入一池水，被一手捞起，旋转木马
情人的眼眶湿润，蜜嵌进心灵的彩虹

数字低音

猎豹咬着流星，穿过原野
草丛中，埋藏着忧郁的热
岩石被骆驼刺扎开，散落着
等待烈焰降临，去吞噬每一粒沙

巨人扛着铁锤，摩拳擦掌
金字塔，审判巴洛克的罪
琴管被鼓风机吹开，直竖着
聆听摩西十诫，去敬拜两条横木

梨花落

春光媚媚，一枝灰在找一瓣白
春草茵茵，一瓣白在找一片绿
春风绵绵，一片绿在找一个黄
春水潺潺，一个黄找到一抹阳

清　明

阳有了光，下自成蹊，让我想起慈与爱
碑有了纹，打磨时光，让我想起怀与念
我没见过，但不能否认，谁不存在
我没见过，但不能猜测，谁还存在

为什么没有在场，却能感觉到活灵活现
我的血液从哪里来，我的泪水何时会流
我在悲智，造出一缕闪电，天亮了
我在哭泣，收到一个雷声，梦醒了

走 路

一个人，要么走在路上，要么在路上走
向前是谎言，向后也是谎言，路无前后
走在路上，看不见起点，也看不见终点
似乎走的路有很多条，其实就只有一条

二十年的草

太阳影子歪斜，在山那边，也在山这边
一株草，二十年前种下，没有挪动位置
除了那个植草工人，没人知道它的年龄
现在，除了我知道，已经没有人再知道

噪　声

我们喜欢噪音，但又拒绝噪音
烟斗的吸嘴断了，用麦秆代替
一个烟圈镶进耳朵成了休止符
熏绿耳鼓膜，一个音符，哭了

一扇门

1

路的尽头，有一扇门
这门总是，开开关关

门里除了光，还是光
门外除了黑，还是黑

狭长的通道，挤满人
他们想，奔向那扇门

光里有声音，在邀请
门外有声音，在拒绝

2

亮处，是他们的终点
回头，只剩一片漆黑

有人说，光只在门里
有人说，光只在门框

蝙蝠，测量路的黑暗
猫头鹰，撞到门头上

路那头，又有一束光
转身，所有眼睛瞎了

大　学

同窗们，活着的那个世界，叫做阿加德米
阿加德米，柏拉图校长的《理想国》，在星空
星空浩瀚，上帝的卧室连着康德的办公室
办公室桌角上，放着《道德情操论》和《国富论》
《国富论》第一页，夹着弗兰茨卡夫卡的相片
相片背后写着，天堂应该是图书馆的模样

突　围

一堵玻璃墙，冲出去吧，你敢的
冲动，撒旦在叹息，天使在折翼
磨碎心墙，透明的刮擦，用情绪
突围吧，地上的碎玻璃夹着眼泪

一杯豆浆

教室，有一杯豆浆，冒着热气，八点半后
放在，讲台桌角，学生用眼睛打量着豆浆
一年后，所有桌角放着豆浆，老师没看见
清洁工把纸杯扔进垃圾箱，但他不是老师

或者和活着

所有的或者，都是还活着
活着就有一个或者，或者
不能再或者，就不要活着
活着活着，可以没有或者

绿　味

绿翠了，衬着花红，土地龟裂
一枝芽，两片叶，蕴藉着茶意
春雨既济，田父，在原野放牧
顺着藤条，娇滴湖面，夜暖了

他们走了

伯乐扬鞭，懿范天南，只为寻找一匹马

天马行空，驰骋云北，只为能尽一石粟

伯乐之子，你流着伯乐的血，不是伯乐

千里马之子，你呼吸短促，不是千里马

强 solo

抬脚，跨上天桥，离开那懒惰的和弦，独奏
一个高音，从沿海平地发出，撞击高原山岭
用大提琴接住，倾听，拉一个世纪前的长音
风虎和雨龙在咆哮，睡着的，终有醒的一天

钢琴光位

舞台上的一束白光，只为了一架黑钢琴
钢琴背后，躲着黑T恤，在黑暗中找光
看清那双手，白衬衣的袖口，纽扣掉线
黑色的皮鞋，踩下了音符，埋葬了旋律

雅安奇迹

那一秒，雅鱼头上的宝剑，劈向岩石
石达开的部队，在渡口，吼叫着跳江
雪山顶上，滚下的石磨盘，压着牛背
剧场拉开幕，死亡来袭时，相信奇迹

心　愿

幕布上的星光，一颗一颗被春风吹走
地毯上的微尘，一粒一粒被露水包裹
我愿作一颗星，去寻找春风吹散的星光
我愿作一粒尘，去等待露水天明的浸润

柏拉图的四条线

世界，被四条线勾勒出善的边界
边界就在囚徒的洞穴，就在大床
躺在床上的那些木偶，看见火焰
火焰烧毁太阳，留下世界的影子

岩　光

岩石岿然，用坚硬抗拒，烈焰
骄阳悬烧，用毒炎撕开，裂缝
没有一种光，吞噬过全部岩石
没有一块石，惧怕过所有光线

雀与鹰

我多次看见一群麻雀，结伴而行
麻雀的叽叽喳喳，让我忧心忡忡
我从未看见一群雄鹰，结伴而行
雄鹰的张牙舞爪，让我欣喜若狂

马　车

马在拉车，马在选择车，马的自由在车

车在拉人，车在选择人，车的自由在人

人在拉马，人在选择马，人的自由在马

稻　草

房檐下，一根稻草招摇过市
抓住它，似乎世界得以拯救
稻草被点燃，火星堵住喉咙
相信稻秆，暂时转移了灰烬

甜　苦

睁开眼睛，甜流入沼泽浸泡之地
蚱蜢急躁地品尝，四支足沾满糖
灰白菊花向甜招手，抖开花粉哭
转身无语，苦的胆汁已蜡黄生活

诗　坛

没有首肯的夜晚，憔悴孤独
奖杯，颁给午夜瘙痒的灵魂
醒来的梦，捂住词语的疲惫
镜子破碎，留下世界的荒芜

蝴　蝶

蝴蝶，蝴蝶，美丽的蝴蝶
你的美丽，督促你在无奈中飞翔
飞吧，飞吧，可怜地飞吧
你的飞翔，离不开令人羡慕的翅膀

翅膀，翅膀，美丽的翅膀
你用斑纹，在掀起一场无辜的飓风
飓风，飓风，美丽的飓风
你用力量，在梳妆深沉寂寞的大海

塔 尖

汗流浃背，踏上最后一级楼梯，尖叫狭窄
十个脚趾无法再向前迈出一步，视线模糊
所有的疲惫，似乎明白梯子边缘无路可走
抬起头来吧，忘记沉重的肉身，看见宽阔

简单反抗

加缪的额骨，绝对的荒谬
战士，本能地，攻击老鼠
反抗与生存，反抗故存在
把石头推上山，享受滚下

树之梦

根茎的梦，顶天立地
快去浇水施肥，梦要汲取粗壮

枝叶的梦，苍翠葱茏
快去修枝剪叶，梦要呵护繁茂

花朵的梦，姹紫嫣红
快去合影留念，梦要赞美多彩

果实的梦，枝头坠红
快去品尝味道，梦要摘下自己

望 山

山脚别院，眼睛眺望着远山，山崖凸出尖石
尖石下的云壁，雾水擦去泥土，露出青黑色
青黑色的苍鹰，每天拍着翅膀，为日出欢呼
欢呼到月映岩壁，可曾想起，一双眼睛的望

广场喷泉

一座雕像，坐着，看着另一座雕像
国王和他的城堡，夹在书的前三页
字符，刨开废墟，找到铜绿的长矛
执矛者叹息，马匹在广场凝聚蹄印

古尔德的巴赫

蜘蛛，网住整个世界
按黑白编织
眼睛与琴盖平行，看
音的地平线
每个键都是一个深渊
不，是鸟笼
十根手指，雕塑沉默
线条被抠出

玛尼堆

海隔着海，雪拢着山川
依恋，水晶球的透亮，看见童年
千顶帐篷，藏着三滴水
一滴在天，一滴在地，一滴在心
金银滩，石头裹住哈达
磕个长头，闭上眼，念遍箴言咒

山有泉

天地洪荒
山有泉
雨润日晅
泉有清
泉有暖
泉有寒
山泽通气
泉有甜涩

天地玄黄
山无泉
雷动风散
泉无声
泉无味
泉无色
水火未济
苍穹无泉

皮亚佐拉的《遗忘》

烦躁的右手，小指弯曲
从空气中长出一个高音，在耳边
颤抖，拇指，也在颤抖
一瞬间，早已被遗忘的梦
班多纽的风箱，又一次颤抖
搂住舞伴，右脚退后，灵魂下腰
你，凝视着你的舞伴，阿根廷
凝视着你的马德普拉塔
博尔赫斯，听到了你的哭声
节奏太强劲，但旋律却如此缓慢
缓慢的忧郁，有些哀艳
安息吧，皮亚佐拉

从梦中醒来

夏日午后，从梦中醒来
睁眼，看到脸颊的油腻

呼吸声中，再一次闭眼
用梦，清洗醒来的疲惫

努力回忆，梦中的场景
一切场景，被醒，被忘

能回忆的，只是梦本身
能相信的，只是被遗忘

闭着眼做着梦，却醒着
醒着，却闭着眼做着梦

风林道

听见风的声音，翅膀飞过天际
穿越山谷，我陪着萤火虫闪亮
森林的小屋，一朵蘑菇在歌唱
唱着星辰，等待月亮透过鲜花
唱着泥土，等待芳香扑满大地
林角，凸起的枝丫，嫩叶苍苍
溪流，沐浴的小鱼，卵石青青
风在为你歌唱，从清晨到黄昏
你在为风伴奏，从黄昏到黎明
林之荫，风之道，相遇在歌声中
遨游在林子空谷，初见云卷云舒
漫步在风之云端，只待花开花谢

蝉　鸣

花园门廊，哼唱一首儿时的歌
玫瑰香，留恋月光，跳进梦乡
静静的波涛，喧嚣声等着玉莲
榕树下，蝉鸣听着蝉鸣到天明

榕树下的小白花

一波波，一波波，草的浪
小白花，第一次看见阴
天是绿的，在绿的缝隙中，看见阴
天边，在绿的尽头，尽管绿外有绿

小白花，第一次看见阳
天是黄的，在黄的缝隙中，看见阳
天边，在黄的尽头，尽管黄外有黄

榕树下，有阴，有阳
有绿，有黄
小白花，有阴，有阳
有绿，有黄

爬 山

小山的背后是座大山
看见大山要先爬小山
想爬大山要先下小山
爬上大山却不见小山

苍　老

时间，不会停止
停止的只是人
那条路上，露水
慢慢淡忘，白的昼
一面镜子，渐渐堆起苍老
灵魂曾否记得，一次激动
一次颤抖，在黑夜
在黑色的屋宇，慢慢等待

夏 虫

秋天还没有到来
叶子已在摇落
赞美得太早，罪过
春的种子，芽被虫咬
不要鼓掌，不要鼓掌
鼓掌吓不走虫子，期待
下一个春的发芽，果实
已经退去，已经落地

架子鼓鼓手

一只蚊子，穿过右边吊镲密集的螺纹
安静地落在小军鼓边缘，一个音响起
一只鼓槌追向另一只鼓槌，乐池暗了
舞步迷失在左和右，也迷失在前和后
回到原地，既迈不出南，也退不回北
鼓皮紧绷，气流在反抗激光灯的喧嚣
地毯下那层土灰，被底鼓的低音振醒
寂寞的灯光，低音敲打着灵魂的暗淡

心中的大草原

闭上眼睛，想象一片大草原
先想象一片没有形状蔓延着的绿
接着想象，绿上有零零散散的白
白的上面，是比绿更为铺展的蓝
所有的想象都以绿为坐标

闭上眼睛，想象一片大草原
先想象一片没有边际飘着白的蓝
接着想象，蓝下有密集的运动的白
白的底纹是绿，是和蓝接着的绿
所有的想象都以蓝为坐标

柴可夫斯基组诗六首

降b小调第一钢琴协奏曲

尼古拉·鲁宾斯坦，你的心灵可曾欺骗了耳朵
冯·彪罗，你又可曾弹出斯拉夫的力量与乌克兰的田野
号角穿过巨石拱门，听见有休止符的三连音
卡缅科集市的角落，盲者唱出断续的音符

乡间，空气干冷，舞步夯实了田埂的硬土
银铃声中，衣褶的回旋正享受劳作的喜悦
马夫用金黄胡子沾了威士忌，鼻子通红
一架路旁的木质老风车，摇着弗拉基米尔大公的歌谣

小伙子穿着单裤，鱼群在春的第一个音符上转起华尔兹
不要着急，第二拍才是重音，记得立起指尖
拿上铁锹，放开踏板，去森林里吧，那有猎手的故事
桌上的萨落已烤好，赞美和嫉妒，英雄期待辉煌的终止

《胡桃夹子》组曲

圣诞夜，壁炉温暖，老鼠头目渴望玛丽的礼物
木偶，你是我的玩具，我要修好你，哄你睡觉
饼干士兵，今夜可以证明你们勇敢，为了王子
圣诞树，最高处的盒子里面是一只鞋吗，我的

雪国，你的白穿上雪橇，雪花丛里镜子只有你
没有风，安静的透明，冰凌里的小虫伸着懒腰
瞧啊，森林入口处，那是谁的脚印，又要去哪
钢片琴的单音，黏着指尖的甜，传来蜜的邀请

跨进糕点大门，一个急坡，沿巧克力向下漂流
糖果宫殿，飞毯煮着魔鬼的饮料，揭开面纱吧
瓷娃为你拨弦，为你烹茶，再为你跳支圆舞曲
哦，玛丽，你是他的胡桃夹子，是他的花仙子

1812 序曲

教堂重建，莫斯科可曾哭泣，是忘却还是纪念
当白马再一次吹响短号，圣贝尔纳山可曾跨越
听见了吗，没有小提琴的日子，古老而又安宁
双簧管，你的把戏够了，不要把惶恐传给大管

地中海北岸，军鼓发出小舌的颤音，慵懒地炫耀
离开，赶快离开，不要留恋在大门旁的民间婚礼
冬雪包裹马蹄声的浪漫，光荣只需挂上几枚徽章
炮声和钟声的交汇处，雄心在信心面前节节败退

舞剧《天鹅湖》

大幕拉开，古老的村庄用洁白封印无言的孤独
湖上，树的剪影在夜的翅膀中拨奏竖琴的颤音
酒宴的碰杯不是成年礼的耳语，一切从未开始
出去打猎吧，绕开那些门卫，撇下贪杯的教师

跳查尔达什吧，舒缓的伤感必将引来粗犷的狂热
跳西班牙舞吧，明亮的响板必将怀念动人的歌唱
跳那波里舞吧，简单的舞步可以继续挑选新娘子
看，那是四小天鹅，是湖畔的嬉戏和田园的喜悦

魔鬼总和雷电成对出现，不，那是死亡的对角线
阴暗的和弦，得意的狞笑，定音鼓也在装腔作势
挥鞭转，我用你来赶跑绝望，请赋予黑天鹅力量
那是你的重头戏，你说，你爱芭蕾舞也爱交响乐

《罗密欧与朱丽叶》幻想序曲

神父，你演奏了中世纪大管的幽暗
刻板的法衣，印着人道主义的圣咏
烛台，照不全一张脸，却照见宿仇
街头的械斗，在大钹的休止间穿插

低音提琴，你制造了白昼的命运石
痉挛的拨奏，年轻人在悄悄地荒诞
加了弱音器的小城，还有一丝情意
窗台边的空摇篮，装着甜蜜的恶兆

鼓声浑浊，要向世人宣布棺椁胜利
门缝中的号声，推开石板亲吻肉体
来自修道院的琶音，填充彩色玻璃
戏剧要赞颂传说，音乐要结束戏剧

第六交响曲《悲怆》

叹息是恐怖的前奏，哀愁在 b 小调中找到自己的影子
晦暗不明处，火焰蠕动着找寻空气的老家，无功而返
熟人的骨骼，再次绕过纯粹的缠绵，拴住了低音琴弦
圣者在死亡的绝对中享受安息，松香的焦虑再次脱落

昏暗之中，擦拭伤口，舞者让空虚在冥河中沐浴单调
民谣颤抖，珍珠堵塞了喷泉的坑道，抒情再次被捡起
幸福特赦了转瞬即逝，却又挑逗了无止境的绝望稻草
完美与破碎在原地打转，道德把外套卖给了青春舞曲

曾几何时，中世纪的骑士手执长矛击退了风车和羊群
教堂塔尖巨钟，掺杂着进行曲，安慰正在战斗的亡灵
女人自杀从来不是威胁，生活操纵了精神宽恕的权力
爱情决定输给音乐的赌徒，最后一张牌仍是黑桃皇后

教养揭开了书信的面纱，孤傲的心灵要在孤傲中拯救
冷漠和沉默拒绝见面，却又挣扎着彼此证明惺惺相惜
多情和他的孪生兄弟抓住了几块玻璃，天真的成功了
六天后，白天鹅在霍乱中服下砒霜，等待他的黑天鹅

自　跋

在传统诗学看来“写什么”比“怎么写”更重要，但从写作本身来看情况却恰恰相反。一首诗的生成是在思维操作语言的过程中完成的，语词的运动显示出了自身漂移的路径。这种漂移之于心灵和世界，不具有本质性的意义，而只彰显了各自存在的关系。这本小册子集结了作者近年来写作的多篇诗歌，其中大部分诗篇可看作语词、句法、文体的“实验”或“游戏”。此外，把“音声”作为写作对象也是本诗集的一个挑战。相比视觉所能观看到的“形色”，听觉所能感知到的“音声”也许更难捕捉和表达。以上是本诗集写作的初心和前提。